हिन्द पॉकेट बुक्स

उमर ख़ैयाम की रुबाइयां

हरिवंश राय बच्चन हिन्दी भाषा के प्रसिद्ध कवि और लेखक थे। बच्चन हिन्दी कविता के उत्तर छायावाद काल के प्रमुख कवियों में से एक हैं। उनकी सबसे प्रसिद्ध कृति *मधुशाला* है। भारतीय फिल्म उद्योग के प्रख्यात अभिनेता अमिताभ बच्चन उनके सुपुत्र हैं। हरिवंश राय बच्चन ने इलाहाबाद विश्वविद्यालय में अध्यापन किया। बाद में भारत सरकार के विदेश मंत्रालय में हिन्दी विशेषज्ञ रहे। अनन्तर राज्य सभा के मनोनीत सदस्य।

उमर ख़ैयाम की रुबाइयां

हरिवंश राय 'बच्चन'

हिन्द पॉकेट बुक्स
पेंगुइन रैंडम हाउस इम्प्रिंट

हिन्द पॉकेट बुक्स

यूएसए। कनाडा। यूके। आयरलैंड। ऑस्ट्रेलिया। सिंगापुर
न्यू ज़ीलैंड। भारत। दक्षिण अफ्रीका। चीन

हिन्द पॉकेट बुक्स, पेंगुइन रैंडम हाउस ग्रुप ऑफ़ कम्पनीज़ का हिस्सा है,
जिसका पता global.penguinrandomhouse.com पर मिलेगा

पेंगुइन रैंडम हाउस इंडिया प्रा. लि.,
चौथी मंजिल, कैपिटल टावर -1, एम जी रोड,
गुड़गांव 122 002, हरियाणा, भारत

पेंगुइन
रैंडम हाउस
इंडिया

प्रथम हिन्दी संस्करण हिन्द पॉकेट बुक्स द्वारा 2007 में प्रकाशित
यह हिन्दी संस्करण हिन्द पॉकेट बुक्स में पेंगुइन रैंडम हाउस द्वारा 2022 में प्रकाशित

10 9 8 7 6 5 4 3 2

इस पुस्तक में व्यक्त विचार लेखक के अपने हैं, जिनका यथासंभव तथ्यात्मक सत्यापन किया गया है, और इस संबंध में प्रकाशक एवं सहयोगी प्रकाशक किसी भी रूप में उत्तरदायी नहीं हैं।

ISBN 9789353492984

मुद्रकः रेप्रो इंडिया लिमिटेड

www.penguin.co.in

FSC
www.fsc.org
MIX
Paper from responsible sources
FSC® C047271

This is a legitimate digitally printed version of the book and therefore might not have certain extra finishing on the cover.

उमर ख़ैयाम की रुबाइयां

1

उषा ने फेंका रवि-पाषाण
निशा-भाजन में; जल्दी जाग,
प्रिये, देखो पा यह संकेत
गए कैसे तारक-दल भाग!
और देखो तो उठकर, प्राण,
अहेरी ने पूरब के लाल
फंसा ली सुल्तानी मीनार
बिछा कैसा किरणों का जाल!

2

उषा ने ले अंगड़ाई, हाथ
दिए जब नभ की ओर पसार,
स्वप्न में मदिरालय के बीच
सुनी तब मैंने एक पुकार —
"उठो, मेरे शिशुओ नादान,
बुझा लो पी-पी मदिरा भूख,
"नहीं तो तन-प्याली की शीघ्र
जाएगी जीवन-मदिरा सूख।"

3

श्रवणकर अरुण-शिखा-ध्वनि कान
उठे यात्री सब साथ पुकार,
पड़े थे जो मंदिरालय घेर —
"अरे, जल्दी से खोलो द्वार!

"नहीं है क्या तुमको मालूम
खड़ी जीवन-तरणी क्षण चार,
"बहुत सम्भव है जा उस पार
न फिर यह आ पाए इस पार।"

4

नई तरु-आभा, नवल समीर
जनाते, आया नूतन वर्ष,
जर्जरित इच्छाएं भी आज
पा रहीं यौवन का उत्कर्ष ।
मनीषी भोग रहे एकान्त,
एक मधु-ऋतु उनके भी पास —
ज्वलित कर मूसा का तरु-ज्योति,
समीरण ईसा का उच्छ्वास।

5

सभी पाटल-पुष्पों के साथ
अरम-आराम हुआ बर्बाद,
रही जमशेदी प्याले सात
चक्रवाले की किसको याद?
　　मगर अब भी लहराते बाग़
　　सलिल के कूलों पर छविमान,
मगर अब भी मिट्टी का पात्र
कराता माणिक मधु का पान।

6

युगों से मौन हुआ दाऊद,
कभी था जिसका सुमधुर गान,
मगर बुलबुल अब भी स्वर्गीय
स्वरों में छेड़ सुरीली तान,

सुना जाती पाटल को नित्य,
"सुरा पी, मधु पी, मदिरा लाल! —

"जिसे पीकर हो जाएं शीघ्र
गुलाबी तेरे पीले गाल।"

7

वसन्ती ज्वाल-अनिल में, आज
पिलाकर मधु मदिरा साह्लाद,
उड़ा दो अपने करके राख
हृदय के पश्चात्ताप-विषाद ।
काल-पंक्षी के पर दिन-रात,
उसे परिमित पथ करना पार;
प्रिये, तुम करतीं व्यर्थ विलम्ब,
उड़ा, लो, वह आता पर मार!

8

कली-कुसुमों के वन के बीच
पांव रखता है ज्योंही प्रात,
कली-दल खिल उठता अनजान,
कुसुम-दल झर पड़ता अज्ञात ।

अरे, आता जो आज वसन्त
सजा पाटल से अपने हाथ,
हमारे क़ैकुबाद - जमशेद
जाएगा ले कल अपने साथ।

9

सोचकर क़ैख़ुसरू का भाग्य
और कर क़ैक़ुबाद की याद
जिन्हें संसार गया है भूल,
समय केवल करना बर्बाद।
बुलाए हातिम दे-दे भोज
उठाए रुस्तम रण को हाथ;
न करके उनकी कुछ परवाह,
प्रिये, तुम आओ मेरे साथ।

10

चलो, चलकर बैठें उस ठौर,
बिछी जिस थल मखमल-सी घास,
जहां जा शस्य-श्यामला भूमि
धवल मरु के बैठी है पास,
जहां कोई न किसी का दास,
जहां कोई न किसी का नाथ,
नृपति महमूद सिहाए भाग
जहां यदि हमको देखे साथ।

11

घनी सिर पर तरुवर की डाल,
हरी पांवों के नीचे घास,
बग़ल में मधु मदिरा का पात्र,
सामने रोटी के दो ग्रास,
सरस कविता की पुस्तक हाथ,
और सबके ऊपर तुम, प्राण,
गा रहीं छेड़ सुरीली तान,
मुझे अब मरु, नन्दन उद्यान।

12

सुना मैंने, कहते कुछ लोग —
मधुर जग पर मानव का राज!
और कुछ कहते — जग से दूर
स्वर्ग में ही सब सुख का साज!
दूर का छोड़ प्रलोभन, मोह,
करो, जो पास उसी का मोल,
सुहाने भर लगते हैं, प्राण,
अरे ये दूर-दूर के ढोल!

13

खिली जो अपने चारों ओर,
सुनो, क्या कहती पाटल-माल —
"विहंस-हंसकर उपवन के बीच
लूटती मोती मैं इस काल।

"रेशमी झोली अपनी फाड़
अभी इस वन में दूंगी फेंक,
"और अपनी निधियां अनमोल,
लुटा दूंगी मैं क्षण में एक ।"

14

जगत की आशाएं जाज्वल्य,
लगाता मानव जिन पर आंख,
न जाने सबकी सब किस ओर,
हाय! उड़ जातीं बनकर राख।
किसी की यदि कोई अभिलाष
फली भी, तो वह कितनी देर?
धूसरित मरु पर हिमकण-राशि
चमक पाती है जितनी देर।

15

समेटा जिन कृपणों ने स्वर्ण,
सुरक्षित रक्खा उसको मूंद,
लुटाया, और, जिन्होंने ख़ूब,
लुटाते जैसे बादल बूंद,
गड़े दोनों ही एक समान,
हुए मिट्टी दोनों के हाड़,
न कोई हो पाया वह स्वर्ण,
जिसे देखें फिर लोग उखाड़।

16

जीर्ण जगती है एक सराय,
दिवा-निशि जिसके द्वार विशाल,
खोलती एक उषा उठ प्रात,
दूसरा, सन्ध्या, सायंकाल।
यहां आ बड़े-बड़े सुल्तान,
बड़ी थी जिनकी शौकत-शान,
न जाने कर किस ओर प्रयाण
गए, बस दो दिन रहे मेहमान।

17

जहां था जमशेदी दरबार,
शान से होता था मधुपान,
वहां स्वच्छन्द घूमते सिंह,
वहां निर्भीक भूकते श्वान।

और, वह बादशाह बहराम,
अहेरी जो था जग-विख्यात,
पड़ा निद्रा में आज अचेत
गधे की सिर पर खाता लात।

18

वही होते अति लाल गुलाब,
जड़ें जिनकी कर पातीं पान
गड़े अवनीपतियों का ख़ून;
समझ यह, आता मुझको ध्यान,
हाय, वन की हर सुम्बुल-वेलि,
रही जो हिल-खिल आज समोद,
किसी सुमुखी की कुन्तल-राशि,
पड़ी जो गिर उपवन की गोद।

19

अरे, यह कितने कोमल पात,
चुम्बनों से अपने अम्लान
ढक रहे जो सरिता का कूल
विचरते हम-तुम जिस पर, प्राण —
धरो धीरे से इस पर पांव
कौन जाने, हो सकता, प्राण!
किन्हीं मृदु अधरों को ही चूम
उगे हों ये पौधे अनजान!

20

पिलाकर प्यारी मदिरा आज
नशे में इतना कर दो चूर,
भविष्यत के भय जाएं भाग,
भूत के दारुण दुख हों दूर।

प्रिये, लेना मत कल का नाम,
नहीं कल पर मुझको विश्वास;

अरे, कल दूर, एक क्षण बाद
काल का मैं हो सकता ग्रास।

21

अरे, वे सुन्दरतम वे श्रेष्ठ,
जिन्हें हम करते इतना प्यार,
क्रूर-कटु काल-कर्म के, हाय,
हो गए कितने शीघ्र शिकार!
न पी पाए थे प्याले चार,
गया उनका जीवन-मधु सूख,
चले करने विश्राम अनन्त
लिए निज अरमानों की भूख।

22

उन्होंने छोड़ा जो उद्यान,
हमारा वह आनन्द-निवास,
वहां सज प्रकृति वसन्ती साज
हृदय में भरती हास-हुलास।
करें उन पर रंगरेली आज,
जहां वे, पर, जाना उस ठौर;
हमारे ऊपर भी रंगरेल
मचाने को आएंगे और।

23

अरे, अब भी जो कुछ है शेष,
भोग वह सकते हम स्वच्छन्द,
राख में मिल जाने के पूर्व
न क्यों कर लें जी भर आनन्द;
गड़ेंगे जब हम होकर राख
राख में, तब फिर कहां वसन्त,
कहां स्वरकार, सुरा, संगीत,
कहां इस सूनेपन का अन्त!

24

भोगने को होते तयार
बहुत से वर्तमान संसार,
पहुंचने को आगामी स्वर्ग
बहुत से सहते कष्ट अपार;
अंधेरे की चढ़कर मीनार
मुअज़्ज़िन यह करता आह्वान —
"रहेगा दोनों ओर निराश,
भटक मत, रे मानव नादान!"

25

स्वर्ग-जग पर करते शास्त्रार्थ
जता विद्वत्ता का अभिमान,
अरे, कल जो सब पंडित-विज्ञ,
गड़े मूढ़ों के आज समान।

कुचल दी जाने को सब ओर
गई दी उनकी वाणी छीट,
बन्द करने को मुख वाचाल
गई दी मिट्टी उनमें पीट।

26

प्रिये, आ बैठो मेरे पास,
सुनो मत क्या कहते विद्वान,
यहां निश्चित केवल यह बात
कि होता जीवन का अवसान।
यहां निश्चित केवल यह बात,
और सब झूठ और निर्मूल;
सुमन जो आज गया है सूख,
सकेगा वह न कभी फिर फूल।

27

पंडितों-विद्वानों के पास
गया यौवन में बार अनेक
स्वयं मैं उत्सुकता के साथ
समझने उनका तर्क-विवेक।
युक्तियां, भूल-भुलैया एक
लगीं, जिनमें हिर-फिर कर, प्राण,
उसी ड्योढ़ी के पहुंचा पास,
किया था जिस पर से प्रस्थान।

28

ज्ञानियों को ले अपने साथ
ज्ञान के मैंने बोए बीज,
उगाने का करते श्रम-यत्न
उठा मेरा तन-प्राण पसीज;
और, इस खेती के फल-रूप
यही कहने को मेरे पास —
"लिए आया था अश्रु-प्रवाह,
छोड़ता जाता हूं उच्छ्वास।"

29

अरे, आया क्यों जग के बीच!
कहां से तृण-सा मुझको तोड़,
बहा लाई है कोई धार,
गई जो जगती-तट पर छोड़?
जगत क्यों देना होगा छोड़?
कहां को, रज-कण मुझको जान,
उड़ा ले जाएगा दिन एक
किसी मरु का पवमान महान?

30

न पूछा, फेंक दिया इस ओर,
हमें समझा इतना निरुपाय!
न पूछा, खींच लिया उस ओर,
बड़ा यह तो हम पर अन्याय!
प्रिये, प्याले पर प्याला ढाल
बढ़ा दो इतना मद-उन्माद,
न जाए जन्म-निधन पर ध्यान,
न आए अन्यायी की याद!

31

उठा ऊपर भू-कन्दुक छोड़,
किए सातों नभ-मंडल पार,
पहुंच शनि-सिंहासन के पास
दिए उस पर अपने पग धार;
राह में सुलझा डालीं, प्राण,
समस्याओं की गांठ अनेक;
'कर्म का चक्र, मनुज की मृत्यु'
रही अनबूझ पहेली एक।

32

काल था बैठा बन्द कपाट
किए, जिसको न सका मैं खोल,
नियति बैठी थी घूंघट मार,
उठा जिसको न सका मैं बोल।
हुआ केवल क्षण-भर आभास
हो रही कुछ 'मैं-तू' की बात,
और, प्रेयसि, उसके पश्चात
हो गई वह भी लय अज्ञात।

33

मिले दिखलाने को पथ सूर्य
चन्द्र, तारक-दल-दीप अनेक
जिसे, उस नभ का कर आह्वान
प्रश्न पूछा तब मैंने एक —
"नियति ने कौन दिया है दीप,
जिसे ले उसकी लघु सन्तान
"न भटके अन्धकार में भूल?"
कहा — "अन्धी मति दीपक मान ।"

34

मृत्तिका की प्याली की ओर
झुका तब तज सब वाद-विवाद,
कि खोले जीवन का कुछ भेद
कहीं इसका ही मादक स्वाद;
होठ से होठ लगा यह बोल
उठी, "जब तक जी, कर मधुपान;
"कौन आया फिर जग में लौट
किया जिसने जग से प्रस्थान?"

35

हाय, बोली जो प्याली आज
मन्द अस्फुट शब्दों में चार,
रही होगी यह मूर्ति सजीव
कभी करती आनन्द-विहार;
इन्हीं जिन जड़ अधरों से आज
रहा हूं कर मैं मधु का पान,
हुआ होगा कितने रसपूर्ण
चुम्बनों का आदान-प्रदान!

36

हृदय में उठती क्यों यह बात?
एक दिन जब था सन्ध्याकाल,
घूमते जा पहुंचा मैं हाट,
देखता क्या हूं, एक कुलाल
बनाने को ऐसे ही पात्र
थपकता है मिट्टी पर हाथ,
मिली मिट्टी में जीभ कराह
रही है, "आह, दया के साथ!"

37

करो प्याला मदिरा से पूर्ण,
लाभ क्या बार-बार यह चेत,
खड़े हम जीवन-धारा बीच,
खिसकती पद-तल से पल-रेत;
अनागत कल जगती से दूर,
विगत कल काट चुका जग-फन्द;
करो मत उनका चिन्तन आज,
आज यदि कटता है सानन्द!

38

अरे, यह विस्मृति का मरु देश
एक विस्तृत है, जिसके बीच
खिंची लघु जीवन-जल की रेख,
मुसाफ़िर, ले होठों को सींच।
एक क्षण, जल्दी कर, ले देख,
बुझे नभ-दीप, किधर पर भोर?
कारवां मानव का कर कूच
बढ़ चला शून्य उषा की ओर!

39

अरे, यह सारे व्यर्थ प्रयत्न!
अरे, यह सारे व्यर्थ विवाद!
अरे, यह सारी खोज अनन्त
तुम्हें देगी केवल अवसाद।
सुनो, जीवन-उपवन के बीच,
मधुर फल केवल यह अंगूर;
शेष तरु या तो हैं फल-हीन
रहे फल या कड़ुए फल दूर।

40

बहुत दिन से मित्रों को ज्ञात
भवन में मेरे अति उत्साह-
सहित होता है मदिरा-पान;
किया है मैंने नूतन ब्याह।
कर्कशा, वृद्धा, बन्ध्या जान
दिया है 'तर्क-शक्ति' को छोड़,
लिया है सरस, मधुर, सुकुमार
'सुरा-बाला' से नाता जोड़।

41

दर्शनों का सीखा सिद्धान्त,
गणित विद्या सीखी दे ध्यान;
खपाया ज्योतिष में मस्तिष्क,
बढ़ाया जड़-जीवों का ज्ञान;
जगत की ज्वाला से मैं तप्त,
जलाशय ज्ञान-विवेक अनेक,
मगर सब छिछले, उथले, क्षीण,
मिला बस प्याला गहरा एक।

42

खुले मदिरालय द्वार समीप
अभी उस दिन की ही है बात,
उतरकर सान्ध्य गगन से एक
आ गया देवदूत अज्ञात।
सज रहा था कन्धे पर पात्र
किसी रस से वह था भरपूर;
कहा उसने लो इसका स्वाद,
कहा मैंने चखकर — 'अंगूर!'

43

अंगूरी नैयायिक है एक,
पंडितों-सा दे ठीक प्रमाण,
सिद्ध कर सकती है सब झूठ
विवादी मत-पन्थों का ज्ञान।
कीमियागर है मदिरा एक
बड़ी ही चतुरा और सुजान
मलिन जीवन-सीसे को शीघ्र
बना देती कंचन द्युतिमान।

44

अंगूरी बलशाली महमूद,
विजयकारी सम्राट महान,
नशे की जोशीली तलवार
हाथ में ले करती प्रस्थान।
डालती तितर-बितर कर काट
काफ़िरों के दल, जो भय-शोक,
बिठा जो मन में दुख की मूर्ति
सत्य मत सुख को रखते रोक।

45

न मुझको विद्वानों से काम,
व्यर्थ सब जिनके वाद-विवाद;
न जग के झगड़ों की परवाह,
निरर्थक जिनकी रखनी याद।
        चलो जग-कोलाहल से दूर
        करें हम-तुम एकान्त निवास,
उड़ाएं हम भी उन पर धूल,
हमारा जो करते उपहास।

46

मच रही यत्र-तत्र-सर्वत्र
निरन्तर जग में जो रंगरेल,
नहीं उसका कुछ भी अस्तित्व
इन्द्रजाली माया का खेल।
गगन-भूतल की है कन्दील,
सूर्य है जिसमें दीपक एक,
चतुर्दिक जिसके छाया रूप
घूमते हम जड़-जीव अनेक।

47

अरे, यदि यह मदिरा का पान,
चुम्बनों का आदान-प्रदान,
शून्य में परिणत हो अनजान,
सभी का जिसमें अन्त समान,
प्रिये, तो जब तक तुझमें प्राण
कल्पना से तू ऐसा जान,
वही हम हैं जो होंगे — शून्य —
न होंगे हम कुछ भी कम, प्राण!

48

प्रफुल्लित जब तक पाटल वृन्द
सरित का सुनकर कलकल गान,
बैठकर, प्रेयसि, मेरी गोद
करो माणिक मदिरा का पान।
गरल का प्याला ले यमदूत
तुम्हारे आ जाए जब पास,
उसे भी ले, कर जाना पान,
न होना विचलित और उदास।

49

कर्म औ' नियति रहे शतरंज
खेल, जगती की खोल बिसात,
मनुष्यों के मुहरे निःशक्त
बिठा ख़ानों में, जो दिन-रात ।
उन्हें चलते वे इस-उस ओर
मारते और कराते मेल,
सभी को काल-कोष्ठ में डाल
ख़तम कर देते अपना खेल।

50

"नहीं-हां" के प्रश्नों से व्यर्थ
दीन कन्दुक रखता कब काम?
खिलाड़ी लुढ़काता जिस ओर
चला जाता दक्षिण या वाम।
हमें भी कन्दुक-सा ही जान
वही जिसने फेंका अज्ञात
लुढ़कने को भू पर हर ओर
हमारी जाने सारी बात।

51

किसी की लौह लेखनी भाल-
शिला पर लिख जाती कुछ लेख,
न फिर फिरती पीछे की ओर,
लिखा क्या, इतना तो ले देख;
न कम कर देगी आधी पंक्ति,
देख सब तेरी भक्ति, विवेक,
न तेरे आंसू की ही धार
सकेगी धो लघु अक्षर एक।

52

अरे, यह उल्टा प्याला गोल,
जिसे हम कहते हैं आकाश,
तले जिसके हम जीवन-बोझ
उठाते, थकते, तजते श्वास,
उठाओ हाथ न इसकी ओर,
सकेगा कर क्या दीन सहाय?
बना जब हम-सा ही निःशक्त
स्वयं यह घूम रहा निरुपाय।

53

ध्येय में रखकर अन्तिम रूप
बना मानव का प्रथमाकार,
गया है। बोया पहला बीज
उपज अन्तिम का रूप विचार
न्याय के दिन के सायंकाल
सुनाया जाएगा जो लेख,
सृष्टि के प्रथम प्रात में पूर्ण
हो चुका है उसका अवरेख।

54

बताता तुझसे एक रहस्य —
लक्ष्य से जब करके प्रस्थान
चले सुर-दूत सूर्य पर बैठ,
अश्व जो नभ का है द्युतिमान,
फेंकते अन्तरिक्ष के बीच
उपग्रह, ग्रह, नक्षत्र अनेक,
मनाते जैसे बरसा फूल सृष्टि
का पुण्य प्रथम अभिषेक,

54

तभी आ उस मिट्टी के बीच,
डालकर जिसमें मेरा प्राण
बनाई जाने को थी देह,
आज पृथ्वी पर जो गतिमान,
पड़ी अंगूर-लता की मूल
किसी के ध्रुव निश्चय को मान;
बनूं मैं, इसके कितने पूर्व
बनी रुचि मेरी, दे तो ध्यान!

नोट : इस रुबाई का अनुवाद दो पदों में किया गया है, इसलिए 54 दो बार है।

55

फैलकर अब यह चारों ओर
किए है मुझ पर शीतल छांह,
फलित होकर करती मधुदान
मुझे क्या सूफ़ी की परवाह!
मुझे वह तुच्छ समझता लोह,
न लोहा यह कुंजी बन जाए
खोलने को वह बन्द कपाट,
जिसे वह पीट रहा निरुपाय!

56

प्रेम की दिखलाने को राह,
भस्म कर या करने को क्षार,
झलक दिखला दे सच्ची ज्योति
एक यदि मदिरालय के द्वार,
प्रिये, तो उस पर सकता वार
न जाने कितनी बार स-चाव
मस्जिदें, मन्दिर, गिरजे साथ,
जहां उसका सब भांति अभाव।

57

मुझे जो पथ करना था पार
बिठाए उस पर प्रेत-पिशाच,
बनाए उस पर गहरे गर्त;
और, आया अब करने जांच!
पूर्व ध्रुव निश्चय के अनुसार
चला मैं करता व्यर्थ प्रलाप;
देखते तुझे न आती लाज
पतन में मेरे मेरा पाप!

58

मलिन मिट्टी की दे दी देह,
न करती फिर यह कैसे पाप?
अदन के उपवन के ही साथ
रचा तूने पापों का सांप।
अरे, वे तो सब तेरे पाप,
कलंकित जिनसे मानव भाल;
क्षमा कर मानव के अपराध,
क्षमा अपनी पा ले तत्काल ।

59

कूना-नामा

और भी एक बताता बात —
गया रमज़ान मास था बीत,
आ गया था शुभ सन्ध्या काल
न था निकला पर चन्द्र पुनीत;
सामने थी मेरे दूकान,
जिसे रखता वह वृद्ध कुम्हार,
बना मिट्टी के पात्र अनेक
गए थे रक्खे बांध कतार!

60

मुझे कहते होता आश्चर्य,
रहे थे उनमें से कुछ बोल,
मगर कुछ थे ऐसे भी पात्र
नहीं जो मुंह सकते थे खोल;
अचानक बोल उठा वह पात्र
सबों से जो था, अधिक अधीर,
"बनाता क्यों है व्यर्थ कुलाल
तुच्छ मिट्टी का क्षणिक शरीर?"

61

इसे सुन पात्र उठा कह एक,
“बनाया मैं न गया था व्यर्थ,
तुच्छ मिट्टी से मेरी देह
बनाई जाने में कुछ अर्थ!
“बनाया चतुराई के साथ
मुझे जिसने सांचे में ढाल,
“वही क्या फिर से मुझको तोड़
तुच्छ मिट्टी में देगा डाल?”

62

तीसरा बोल उठा फिर पात्र,
"चिड़चिड़ा बालक भी अज्ञान
कभी क्या तोड़ेगा वह पात्र,
किया जिससे उसने मधुपान;
"बनाया, फिर, जिसने यह पात्र
सुरुचि औ' शुद्ध प्रेम को जोड़,
"वही क्या उसको दो दिन बाद
क्रोध में आ, डालेगा तोड़?"

63

न उत्तर में जब कोई बोल
सका, तब कुछ पल के पश्चात
पात्र उनमें से बोला एक,
बना था जिसका टेढ़ा गात,
"देखकर मेरा वक्र स्वरूप
रहे हंस लोग व्यंग्य के साथ,
"मगर क्या मेरा है। अपराध
कंपा यदि कुम्भकार का हाथ?"

64

एक बोला, "कहते कुछ लोग,
एक है। क्रूर-कठोर कलाल,
नरक का काला भयप्रद धूम
रहा है रंग उसका मुख-भाल,

"कड़ी करता पालों की जांच;
अरे उनकी बातें निस्सार;
"हमारा स्वामी सज्जन-साधु,
करेगा सुख से बेड़ा पार !"

65

दूसरा बोला खींच उसांस,
“गई है। मेरी मिट्टी सूख,
भूलकर चिर दिन से मधुपान,
सताती मुझको उसकी भूख।
“उसी मधु मदिरा से फिर आज
अगर कोई भर दे यह पात्र,
“सरस, मधुमय फिर से हो जाए
शुष्क, नीरस मेरा यह गात्र।”

66

पात्र जब करते थे यों बात
दिखा निज वाक् शक्ति, निज ओज,
एक ने देख लिया वह चांद,
रहे थे कर सब जिसकी खोज।
परस्पर धक्के देकर पात्र
उठे कह — मित्र, लगाओ कान,
सुनो, आते फिर वाहक लोग,
चलो, फिर होगा मदिरा-पान।

67

प्रिये, मदिरा से देना सींच
अधर मेरे होते मृत-म्लान,
मरूं तब मदिरा से ही, प्राण,
कराना मेरे शव को स्नान।
अंगूरी पत्तों से ढक देह
उन्हीं पत्तों की शैया डास,
लेटा देना मुझको चुपचाप
किसी मधुमय उपवन के पास

68

कि गड़ने पर भी मेरी राख
बिछाए सौरभ का मधु पाश
पवन में उपवन में सब ठौर
जहां हो शीतल छाया, घास।
पकड़ ले शेखों के भी पांव
रहे हों कर जो उपवन पार,
न जा पाएं आगे की ओर
बिना विश्राम किए पल चार ।

69

किया जिनको चिर दिन से प्यार
उन्होंने ही ऐसा व्यवहार
किया, जिससे सारा संसार
मुझे कहता कंचन से क्षार ।

दिया छिछले प्याले में बोर
उन्होंने मेरा गौरव-मान,
और दी ख्याति-प्रतिष्ठा बेच
उन्होंने लेकर बस यह गान।

70

शपथ ले मैंने निस्सन्देह
किए थे पश्चात्ताप अनेक,
मगर, था क्या तब मैं गम्भीर?
मगर, था क्या तब मैं सविवेक?
और, आया, फिर, सरस वसन्त
सजा, फिर, पाटल से निज हाथ;
गए व्रत के वे मेरे तार
टूट उसके आने के साथ।

71

किया मदिरा ने मुझसे घात
मान की पगड़ी मेरी छीन,
मगर, कब उसको समझा हेय?
मगर, कब उसको समझा हीन?

मुझे प्रायः इस पर आश्चर्य
बेचता मद क्यों दीन कलाल,
कहां तांबे के टुकड़े चार!
कहां माणिक-सा उसका माल!

72

चली जाती मधुऋतु जिस काल
सूख जाते पाटल के प्राण,
अचानक होता, हाय, समाप्त
सरस यौवन का मधुराख्यान!
आज बुलबुल किसको मालूम
बिलखती-रोती उड़ किस ओर
गई, जो कल फूलों को गीत
सुनाती आई थी इस ओर!

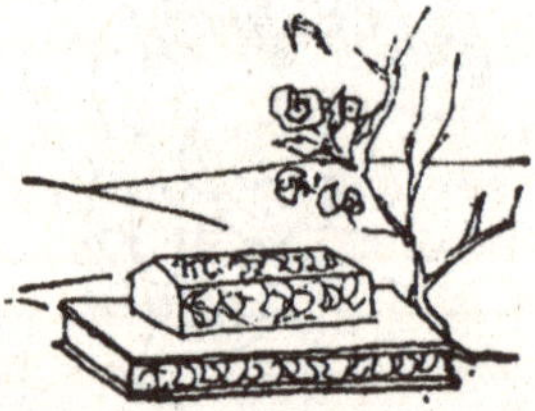

73

हाय, प्रेयसि! मिल हम-तुम साथ
नियति के, रच कोई षड्यन्त्र,
पकड़ सकते यदि यह सम्पूर्ण
जगत का दुख-संकटमय जन्त्र,
न क्या हम करके चकनाचूर
मिटाते इसका सत्त्व समूल —
बनाते एक नया संसार
हृदय के स्वप्नों के अनुकूल!.

74

छिटकनेवाली एक समान,
जुन्हाई जीवन की अम्लान!
देख, फिर आज उदित हो चन्द्र
बनाता नभ-मंडल छविमान।
हाय! इस उपवन में यह चांद
न जाने अब से कितनी बार
करेगा आकर मेरी खोज
रहूंगा मैं जीवन के पार!

75

और तू भी शशिमुख, पदरश्मि,
तारकों-से मधुपों में घूम,
घास पर होंगे जो नभनील,
पिलाएगी मधु मदिरा झूम;
किन्तु जब पहुंचेगी उस ठौर
जहां मैं बैठा करता साथ,
भरा मदिरा का प्याला एक
उलट देगी नतदृग नतमाथ!

तमाम शुद

टिप्पणी

रुबाई संख्या

1. **भाजन में पाषाण फेंकना** — मरुस्थलों में प्रचलित एक संकेत, जिसका मतलब यह है कि घोड़े पर चढ़कर भागो या केवल भागो।

4. **ज्वलित कर मूसा का तरु-ज्योति** — हज़रत मूसा के हाथ के सफ़ेद दाग़ से एक ज्योति निकला करती थी।

   समीरण ईसा का उच्छ्वास — हज़रत ईसा के श्वास में मुर्दों को जिला देने की शक्ति थी।

5. **अरम-आराम** — शद्दाद नामक राजा का लगवाया हुआ गुलाबों का एक प्रसिद्ध बाग़, जो अरब के मरुस्थल में लुप्त हो गया है।

   सात चक्रवाला जमशेदी प्याला — राजा जमशेद के पास एक ऐसा प्याला था, जिसके सात चक्रों से सात आसमान, सात नक्षत्र और सातों समुद्रों का हाल जाना जा सकता था।

6. **दाऊद** — एक पैग़म्बर जो ज्ञानविद्या में बहुत निपुण थे।

8. **क़ैक़ुबाद** — सेलजुक वंश का एक सुल्तान।

9. **क़ैख़ुसरो** — फ़ारस का राजा।

हातिम — अरब का सरदार, जो अतिथि-सत्कार के लिए प्रसिद्ध था।

रुस्तम — फ़ारस का प्रख्यात पहलवान ।

10. **महमूद** — (995–1030) फ़ारस का तुर्क राजा।

17. **बहराम** — (420–488) फ़ारस का बादशाह, जंगली गधे का शिकार करने के लिए प्रसिद्ध।

18. **सुम्बुल** — एक प्रकार की बेलि जिसकी पत्तियां बाल की तरह लम्बी और पतली होती हैं।

31. **शनि सिंहासन** — शनि सातवें आसमान का राजा।

44. **महमूद** — (10वीं रुबाई की टिप्पणी देखिए) इसने इस्लाम का प्रचार करने के ध्येय से भारत पर आक्रमण किया था और सोमनाथ का मन्दिर तोड़ा था।

54. इस रुबाई का अनुवाद मुझे दो पदों में विस्तृत करना पड़ा; इसी कारण 54 की संख्या दो बार आई है। ऐसा करने के कारणों पर मैंने 'ख़ैयाम की मधुशाला' की टिप्पणी में विशेष प्रकाश डाला है।

58. अदन के उपवन के ही साथ रचा तूने पापों का सांप —

आदिपुरुष आदम और आदिस्त्री हौवा के निवासस्थल अदन में शैतान ने सांप का रूप धरकर उन्हें ईश्वर की आज्ञा का उल्लंघन करने को प्रेरित किया था।

59. **कूज़ा** — प्याला; यहां मनुष्यों का प्रतीक।

रमज़ान — रोज़े का महीना। इस्लाम में शराब हराम है, रमज़ान में शराब पीने की ख़ासतौर से मनाही है।

रुबाइयात-ए-उमर ख़ैयाम : परिचय

रुबाइयात-ए-उमर ख़ैयाम का अर्थ हुआ उमर ख़ैयाम की रुबाइयां। रुबाइयात, फ़ारसी शब्द रुबाई का बहुवचन है। हिन्दी कविता-प्रेमी रुबाई शब्द से अपरिचित नहीं हैं, क्योंकि कुछ समय से हिन्दी में भी रुबाइयां लिखी जाने लगी हैं। कवि-सम्मेलनों में प्रायः कवि रुबाइयों से अपना कविता-पाठ आरम्भ करते हैं। रुबाई का शाब्दिक अर्थ है — चौपाई, चौपदा या चतुष्पदी। यह एक प्रकार का फ़ारसी छन्द है, जिसका उपयोग मुक्तकों के लिए किया जाता है। इसमें चार पंक्तियां होती हैं। फ़ारसी में पंक्तियों की लम्बाई या वज़न निश्चित है। उदाहरण के लिए रुबाई की एक पंक्ति दे दूं :

मारा च गुनह किस्मते मा ईं करदन्द ।

रुबाई की चार पंक्तियों में तुक की भी एक निश्चित व्यवस्था है। पहली, दूसरी और चौथी पंक्तियों में तुक मिलती है और तीसरी पंक्ति भिन्न होती है। कभी-कभी चारों पंक्तियों की तुक एक ही रखी जा सकती है।

फ़ारसी का यह बहुप्रचलित छन्द है और कई प्रसिद्ध कवियों ने रुबाइयों के लिखने में कमाल हासिल किया है। फ़ारसी से, कई और

छन्दों के समान, यह उर्दू में आया। उर्दू के भी कई विख्यात कवियों ने रुबाई लिखने में कुशलता दिखलाई। पिछले कुछ वर्षों में हिन्दी के कई कवियों ने ग़ज़ल लिखने का प्रयत्न किया। ग़ज़ल के बहुत-से वज़नों के प्रयोग किए गए। रुबाई लिखने का प्रयास भी इसी प्रवृत्ति का परिणाम है। मेरी सम्मति में ग़ज़लों के लिखने में हिन्दी कवियों को विशेष सफलता नहीं मिली। रुबाइयां भी अभी तक उच्चकोटि की नहीं लिखी जा सकीं। ग़ज़ल लिखने में उत्कृष्टता प्राप्त करने की आशा हिन्दी कवि छोड़ चुके हैं; कम-से-कम अब कम लोग इस प्रकार का प्रयत्न कर रहे हैं। पर रुबाइयों की ओर आकर्षण बढ़ा है।

ग़ज़ल के शे'र और रुबाई, दोनों का प्रयोग मुक्तक लिखने के लिए किया जाता है। शे'र में दो पंक्तियों के अन्दर एक पूरे विचार अथवा भाव को व्यक्त कर देना होता है। यह उसी भाषा में सम्भव है, जिसमें सुगठित अभिव्यंजना की शक्ति हो और जिसके रूपक बहु-सन्दर्भ-गर्भित हों। खड़ी बोली हिन्दी में अभी यह क्षमता नहीं। रुबाई में भी एक ही भाव-विचार की अभिव्यक्ति होती है, पर इसके लिए ज़मीन दूनी मिल जाती है, यानी दो पंक्तियों के स्थान पर चार पंक्तियां मिल जाती हैं। ग़ज़ल को छोड़कर हिन्दी कवियों का रुबाई की ओर झुकने का एक कारण सम्भवतः यह भी हो सकता है।

शे'र की दो पंक्तियों में बड़ा कौशल दिखाया जाता है। पहली पंक्ति भूमिका उपस्थित करती है या तमहीद बांधती है; दूसरी पंक्ति परिणाम निकालती है, किसी नई, असाधारण, चमत्कारपूर्ण रीति से। स्वाभाविक ही दूसरी पंक्ति अधिक महत्त्वपूर्ण होती है; पहली

का काम होता है दूसरी के जिए जिज्ञासा जागरित करना। रुबाई में यही बात अधिक ठस्से से की जाती है। यहां पहली दो पंक्तियां किसी भावना और विचार के संसार का वातावरण बनाती हैं। तीसरी पंक्ति, जो तुकमुक्त होती है, उस परिणाम के लिए तैयार करती है, जो चौथी में उद्घाटित किया जाता है। इस चौथी पंक्ति की तुक पहली और दूसरी पंक्ति से मिलकर, विशेषतया तीसरी की तुकहीनता से उत्पन्न निरोध अथवा लटकाव के पश्चात पूरे पद की एकता एक बार फिर से स्थापित करती है। भावों और विचारों की इस गठन और क्रमशः उनके विकास की अवहेलना कर यदि केवल रुबाई की तुकों का आधार लेकर उसका रूप खड़ा कर दिया जाए, तो वह सिलपट और प्रभावहीन रहेगा। वज़न के साथ स्वतन्त्रता लेने को मैं बुरा न कहूंगा, बशर्ते कि चारों पंक्तियों के वज़न एक हों। यों तो मैं यह मानता हूं कि तुकों की एकता और भावों-विचारों की एकता में एक प्रकार का सूक्ष्म सम्बन्ध होता है, पर अनभ्यस्त लोगों के लिए यह सम्बन्ध जटिल बन्धन भी बन जाता है। इस कारण तुक से मुक्त होकर एक पंक्ति लिखने की स्वतन्त्रता बहुत बड़ा वरदान है। रुबाई में यह पंक्ति सर्वोपरि होने को सदा संघर्ष करती है; तुक-विमुक्त होने के कारण अपनी सत्ता तो कम-से-कम वह अलग रखती ही है। पर चौथी पंक्ति की महत्ता प्रायः इसलिए बढ़ जाती है कि वह विचार अथवा भाव की परिसमाप्ति करने के साथ ही पूरे पद को संगठित भी करती है। यह हुई रुबाई के रूप और तत्त्व की संक्षिप्त चर्चा।

उमर ख़ैयाम फ़ारस देश के एक कवि हैं। उनका पूरा नाम था ग़यासुद्दीन अबुलफ़तह उमर इब्न इब्राहीम अल ख़ैयामी। इसका अर्थ

हुआ — ख़ेमा बनाने वाले परिवार के इब्राहीम के पुत्र ग़यासुद्दीन अबुलफ़तह उमर। इतने बड़े नाम पर आश्चर्य करने की ज़रूरत नहीं। दक्षिण भारत में अब भी पुत्र के नाम के पहले पिता का नाम जोड़ा जाता है। कहीं-कहीं स्थान का नाम भी लगाया जाता है। इस नाम से यह लगता है कि उमर के पूर्वज ख़ेमे बनाने का काम करते थे। कुछ लोगों का विचार है कि 'ख़ैयाम' के शाब्दिक अर्थ और उनके परिवार के पेशे का कोई सम्बन्ध नहीं है। 'ख़ैयाम' कवि का उपनाम है। फ़ारस के कवि प्रायः इस प्रकार का उपनाम रखकर कविता करते थे। उदाहरण के लिए, एक कवि हुए हैं, जिन्होंने अपना उपनाम 'अत्तार' रख लिया था। 'अत्तार' का शाब्दिक अर्थ हुआ — इत्र बनाने वाला। कवि ने यह नाम ग्रहण करके मानो अपने लिए यह कहा कि वह ऐसा कवि है कि जो शब्दों का इत्र खींच लाता है, या यह कि उसकी कविता में जैसे वाणी के पुष्पों का इत्र प्रस्तुत किया गया है। 'ख़ैयाम' का उपनाम इस विचार से ग्रहण किया जा सकता है कि कवि शब्दों का ख़ेमा खड़ा करता है; रुबाई के चार डंडों पर भावों अथवा विचारों का तम्बू तानता है। और कवियों ने रुबाई के साथ अन्य प्रकार के छन्दों का भी उपयोग किया है। उमर ख़ैयाम के नाम से जो कविताएं उपलब्ध हुई हैं, वे केवल रुबाइयां हैं। हो सकता है कि उमर ख़ैयाम ने पारिवारिक पेशे के ही नाम पर अपना उपनाम रख लिया हो।

उमर ख़ैयाम की जन्मतिथि का ठीक पता नहीं। विद्वानों का अनुमान है कि उनका जन्म ग्यारहवीं सदी के मध्य में हुआ होगा। उनकी मृत्यु बारहवीं सदी के तीसरे दशक में हुई। इस प्रकार उन्होंने 80-85 वर्ष की उमर पाई थी।

वे अपने समय के प्रसिद्ध गणितज्ञ, ज्योतिषी और स्वतन्त्र विचारक थे। स्वान्तः सुखाय कविता भी लिखा करते थे। ज्योतिष-सम्बन्धी उनका प्रसिद्ध काम यह था कि उन्होंने सुलतान मलिकशाह के पत्रे (कैलेंडर) का सुधार किया था; जिसके फलस्वरूप तारीख़-मलिकशाही, जलाली संवत् या सलजुक संवत् का आरम्भ हुआ। उनकी कविताओं का पूर्ण संग्रह अब तक नहीं मिल सका। जो सबसे पुरानी पांडुलिपि उनकी कविताओं की मिली है, वह उनकी मृत्यु के 75 वर्ष बाद तैयार की गई थी। यह संकलन है। इसमें क़रीब ढाई सौ रुबाइयां हैं। यह अनुमान करना ग़लत न होगा कि हज़ार-डेढ़ हज़ार रुबाइयों से यह चुनाव किया गया होगा। उमर ख़ैयाम की कविता में धर्म की संकीर्णता और कट्टरता तथा उलमाओं के कठमुल्लेपन का कड़ा विरोध था, साथ ही सूफ़ियों की सनक, बहक, पाखंड और आडम्बरों की भी अच्छी चुटकी ली गई थी। साधारण जनता के प्रायः इन दो दलों में विभक्त होने के कारण स्वतन्त्र विचारवेत्ता उमर ख़ैयाम की उपेक्षा होने लगी, यहां तक कि लोग उनके कवि-रूप को एकदम भूल गए। अपने देश के इतिहास में उनका नाम केवल गणितज्ञों और ज्योतिषियों के साथ लिया जाता।

'रिनैसांस' के साथ योरोपियन देशों में विज्ञान की जो जिज्ञासा बढ़ी थी, वह अठारहवीं सदी तक पहुंचते पहुंचते वैज्ञानिक शक्ति के रूप में परिवर्तित हो गई। वैज्ञानिक वरिष्ठता के बल पर उन्नीसवीं सदी में औपनिवेशिकता चरम सीमा पर पहुंची। पूर्व की सम्पत्ति पश्चिम का भंडार भरने लगी। लुटेरों में कुछ सुरुचि-सम्पन्न भी थे। उन्होंने पूर्व की कलाकृतियों और पांडुलिपियों से योरोप के अजायबघरों को पाट दिया।

मैंने सुना है, किसी अंग्रेज़ को ताजमहल इंग्लैंड उठा ले जाने की सूझी थी। यहां से पत्थर-पत्थर अलग कर उस पर संख्या लगा दी जाती और वहां एक-एक उसी क्रम में बिठा दिया जाता।

उन्नीसवीं सदी के मध्य में ऑक्सफ़ोर्ड की बोडलियन लाइब्रेरी की एक फ़ारसी पांडुलिपि की ओर प्रोफ़ेसर कोवेल का ध्यान आकर्षित हुआ। इसमें उमर ख़ैयाम की 158 रुबाइयां थीं। कविता में व्यक्त विचार-स्वातन्त्र्य, साहस, व्यंग्य, भाव-गम्भीरता और तीव्रता और सबसे अधिक प्राचीन होने पर भी आधुनिकता से उसका साम्य देखकर वे फड़क उठे। उन्हें लगा जैसे विश्व-साहित्य के नभोमडंल में उन्होंने एक नए नक्षत्र की खोज की। उन्होंने यह पांडुलिपि अपने मित्र फ़िट्ज़जेरल्ड के पास भेजी, जिन्हें उन्होंने कुछ वर्ष पूर्व फ़ारसी पढ़ने और फ़ारसी से कतिपय कविताओं का अनुवाद करने के लिए प्रेरित किया था। बाद को प्रोफ़ेसर कोवेल ने एशियाटिक सोसाइटी की एक दूसरी पांडुलिपि उनके पास भेजी, जिसमें उमर ख़ैयाम की 516 रुबाइयां थीं। फ़िट्ज़जेरल्ड की मानसिक अवस्था उस समय ऐसी थी कि उमर ख़ैयाम की रुबाइयों में उन्हें अपने ही विचारों की प्रतिध्वनि मिली। उन्होंने मौलिक सृजन के आवेग में रुबाइयों का अनुवाद करना आरम्भ किया। अनुवाद आदर्श हुआ। उसने मूल के सौन्दर्य को पकड़ा ही नहीं, उसे और बढ़ा दिया। इसी कारण फ़िट्ज़जेरल्ड अनुवादकों के राजा कहे जाते हैं।

फिर भी अनुवाद के प्रथम प्रकाशन पर इसकी बड़ी उपेक्षा हुई। एक सम्पादक ने दो वर्ष तक अनुवाद को अपने पास रखकर छपने योग्य नहीं समझा। 1859 में इसका प्रथम संस्करण केवल 250 प्रतियों का छपा;

इसमें 75 रुबाइयां थीं; अनुवादक को अपना नाम साथ देने का साहस नहीं हुआ; दाम 5 शिलिंग रखा गया था। किसी ने नहीं ख़रीदा; दाम घटाने पर भी किसी ने नहीं ख़रीदा; तब प्रकाशक ने सड़ी-गली पुस्तकों के ढेर में उसे डाल दिया, जो चाहे एक पेनी देकर ले जाए। एक पेनी आजकल एक आने के बराबर है, उन दिनों इसे एक पाई के बराबर समझिए। अंग्रेज़ी के दो प्रसिद्ध कवियों ने इसे वहीं से उठाया। कीचड़ में कमल मिल गया; उन्होंने उसकी बड़ी प्रशंसा की, पुस्तक लोकप्रिय हो गई। आज प्रथम संस्करण की एक प्रति के लिए योरोप और अमरीका के कितने ही संग्रहालय और शायद पुरा-पुस्तकप्रेमी एक लाख रुपया देने को तैयार होंगे।

रुबाइयात-ए-उमर ख़ैयाम का दूसरा संस्करण 1868 में, तीसरा 1872 में और चौथा संस्करण 1879 में प्रकाशित हुआ। इन विभिन्न संस्करणों में संख्या, क्रम, पाठ आदि में फ़िट्ज़जेरल्ड ने बहुत-से परिवर्तन किए, अवश्य ही उत्तरोत्तर उसे अधिक परिमार्जित और सुन्दर बनाने की दृष्टि से। पर सुधीवर्ग और समय ने उनके प्रथम संस्करण को ही सर्वश्रेष्ठ माना और सिद्ध किया।

पश्चिम का पठित समाज उमर ख़ैयाम और उनकी कविता की ओर आकर्षित हुआ। पांच-छः अंग्रेज़ी के अनुवाद मैंने स्वयं पढ़े हैं, गो उनमें से कोई न फ़िट्ज़जेरल्ड के समान सुन्दर है, न लोकप्रिय हुआ है। कितने ही चित्रकारों ने रुबाइयों पर चित्र बनाए, आइसोडोरा डंकन ने उन पर नृत्य तैयार किया, हेरल्ड लैम्ब ने रुबाइयों के कवि की कल्पित जीवनी लिखी, उमर ख़ैयाम पर एक फ़िल्म भी बन चुकी है, शायद हिन्दी में भी एक फ़िल्म बनी है। विद्वानों ने उमर ख़ैयाम पर

गवेषणात्मक निबन्ध लिखे, अनुसन्धानकर्ताओं ने उनकी पांडुलिपियों की खोज की; इंग्लैंड में इस प्रकार के कार्य को प्रोत्साहन देने के लिए एक उमर ख़ैयाम सोसाइटी है। अभी कुछ ही वर्ष पूर्व उमर ख़ैयाम की कुछ प्राचीनतम पांडुलिपियों का पता चला है, जिनमें से एक का अनुवाद केम्ब्रिज के फ़ारसी के प्रोफ़ेसर श्री आरबेरी प्रकाशित करा चुके हैं। अब तक 'रुबाइयात-ए-उमर ख़ैयाम' के कितने संस्करण निकल चुके हैं, इसकी गणना करना असम्भव है। अब भी प्रतिवर्ष नए आकार-प्रकार में उसके कितने ही संस्करण निकलते हैं। अंग्रेज़ी का प्रकाशक जब कोई घाटा पूरा करना चाहता है, तो रुबाइयात का कोई बढ़िया संस्करण निकाल देता है, जैसे हिन्दी का प्रकाशक तुलसी के मानस का।

रुबाइयात की लोकप्रियता का कारण अनुवाद की शैली और भाषा की मनोज्ञता तो है ही; कुछ और कारण भी हैं। फिट्ज़जेरल्ड ने 674 रुबाइयों में से केवल 75 अनुवाद के लिए चुनीं। अपनी सुरुचि से उन्होंने रुबाइयों का हीर निकालकर रख दिया है। चुनाव से उन्होंने विविध रुबाइयों में एक भावसूत्रता स्थापित की, वैसे हर रुबाई अपने-आप में पूर्ण और दूसरी से असम्बद्ध होती है। और सबसे बड़ी बात उन्होंने यह की कि उनका क्रम इस प्रकार रखा कि उनसे एक कहानी बन गई। यह 75 रुबाइयों का संकलन नहीं; यह पचहत्तर पदों में एक कविता है। पालग्रेव की गोल्डन ट्रेज़री में, जो अंग्रेज़ी गीतों का सर्वश्रेष्ठ संग्रह माना जाता है, इसको गीत का दर्जा दिया गया है।

गीत या कहानी के भीतर एक दार्शनिक विचार का भी प्रतिपादन

है; जिसे नेचुरलिस्टिक फ़िलासफ़ी या प्रकृतिवादी दर्शन कहते हैं। मनुष्य जीवन के प्रभात में आंखें खोलकर इसी संसार को देखता है, इसी संसार को सब-कुछ समझता है, न जन्म के पूर्व कुछ है, न मरण के बाद । तब इसी संसार को पाने, इसी को भोगने, इसी का रस लेने के लिए उसकी तृष्णा उद्दाम हो उठती है। पर इसे पाना सहज तो नहीं; इसके लिए बड़ा संघर्ष करना पड़ता है और पाने पर भी मनुष्य सन्तुष्ट नहीं होता। यह संसार पल-पल परिवर्तनशील है, न सुन्दरता स्थायी है, न प्रेम। मरण सबकी प्रतीक्षा में रहता है। ऐसे-ऐसे प्रश्न मन में उठते हैं – यह जीवन क्यों है; जब तृप्ति कहीं नहीं तब तृष्णा क्यों है; इस जग-जीवन के खेल और मनुष्य के श्रम, संघर्षण, वासना, चिन्ता का अर्थ क्या है। इनका उत्तर न पाकर जगत् से पलायन करने, जीवन से उदासीन होने और चेतना को विस्मृति में डुबाने की प्रवृत्ति मनुष्य को घेरती है। किसी ने ठीक ही कहा है कि रुबाइयात सुखवादियों की फ़िलासफ़ी न होकर दुःखवादियों की फ़िलासफ़ी है। रुबाइयात में निहित आख्यायिका और दर्शन के विषय में विस्तार से मैंने 'ख़ैयाम की मधुशाला' की भूमिका में लिखा है। यहां संकेतमात्र कर दिया है। पाठक स्वयं देखने-खोजने का प्रयत्न करें। किसी चीज़ को अपने-आप मालूम करने का एक अलग सुख होता है।

हिन्दी में 'रुबाइयात-ए-उमर ख़ैयाम' के अनुवाद वर्तमान शताब्दी के तीसरे दशक में आरम्भ हुए। अब तक दस-पन्द्रह अनुवाद छप चुके हैं। प्रायः लोगों ने फ़िट्ज़जेरल्ड के अंग्रेज़ी अनुवाद का ही अनुवाद किया है। केवल एक अनुवाद मूल फ़ारसी से प्रकाशित हुआ। कुछेक अनुवादों में रुबाई की तुक-योजना का भी उपयोग किया गया है। मैंने अपना अनुवाद

सन् 1933 में किया था। इसमें रुबाई की तुक-योजना नहीं निभ सकी। यह सर्वप्रथम 1935 में प्रकाशित हुआ। किन्हीं कारणों से यह अनुवाद सबसे अधिक लोकप्रिय हुआ। अब इसके छः से अधिक संस्करण प्रकाशित हो चुके हैं। अनुवाद के गुण-दोषों की विवेचना करने की अभी हमारे समालोचकों को फ़ुरसत नहीं। अभी तो वे पाठ्यक्रमों में लगी पुस्तकों की कुंजियां तैयार करने में लगे हैं, पर हिन्दी-पठित जनता ने अपना मत प्रकट करने में देरी नहीं लगाई। इसकी लोकप्रियता से प्रभावित होकर मेरे प्रकाशक इसे एक सस्ते और सचित्र संस्करण में जनता तक पहुंचाना चाहते हैं। यह ऐसे पाठकों के लिए है, जो केवल हिन्दी जानते हैं और रुबाइयात से प्रथम परिचय करना चाहते हैं। जो मेरे अनुवाद को तुलनात्मक दृष्टि से पढ़ना चाहें अथवा उसके सम्बन्ध में विशेष जानकारी प्राप्त करना चाहें, उन्हें 'ख़ैयाम की मधुशाला' देखनी चाहिए, जिसमें अंग्रेज़ी मूल पाठ के साथ एक विस्तृत भूमिका भी दी गई है।

रुबाइयात में निहित प्रकृतिवादी दर्शन की कमज़ोरियां कुछ भी हों, मनुष्य, विशेषकर आधुनिक युग का मनुष्य, अपनी एक अवस्था में उसके साथ अपने विचारों और भावों का साम्य पाता है और तब रुबाइयात उसके गले का हार बन जाती है।

दर्शन के ऊपर उठा जा सकता है, और मैं कहूंगा कि ऊपर उठना भी चाहिए। कम-से-कम इस दर्शन को मैं अपने जीवन का अन्तिम दर्शन न बनाऊंगा। पर रुबाइयों में जो कवित्व का सौन्दर्य है, वह सदा के लिए एक-सा है। जो कविता के प्रेमी हैं, उन पर कवित्व का सौन्दर्य अपने-आप खुलता है। उच्च कोटि की कविता केवल निष्क्रिय नहीं

होती, वह सक्रिय भी होती है। अर्थात कविता सुन्दर तो होती ही है, साथ ही सुन्दरता को देखने के लिए आंखें भी देती है। भगवान कृष्ण अर्जुन के आगे अपना विराट रूप ही नहीं प्रकट करते, उसे देखने के लिए दिव्य दृष्टि भी देते हैं। बड़े काव्य का यह गुण रुबाइयात में प्रचुर मात्रा में है। यह प्रथम पंक्ति से ही पाठक को अपने वातावरण में उठा ले जाती है। आप अपनी दुनिया भूल जाते हैं, उमर ख़ैयाम की दुनिया में चले जाते हैं। फिर वह अपनी दुनिया के स्थूल, असाधारण, आकर्षक, रंगीन और अर्थगर्भित दृश्यों और रूपकों को किसी सिद्धहस्त जादूगरनी की सफ़ाई और तेज़ी के साथ आपके सामने ला-लाकर रखने लगती है। साथ ही उन पर जिन भावों और विचारों का आरोप करती है, उनमें ऐसी उद्बोधिनी शक्ति है कि आपको ऐसा अनुभव होने लगता है कि वह उमर ख़ैयाम के भाव और विचारों को ही नहीं बता रही है, आपके हृदय और मस्तिष्क को भी प्रतिध्वनित कर रही है। अब आप रुबाइयों को गुनगुनाने लगते हैं। आपकी भावनाओं को वाणी मिल जाती है। आपके हृदय का भार हल्का हो जाता है। काव्य का ध्येय पूरा हो जाता है।

अंग्रेज़ी मूल में रुबाइयात में भाव-अर्थ-सौन्दर्य ही नहीं, ध्वनि-सौन्दर्य भी है। और उसका पूरा प्रभाव तभी ग्रहण किया जा सकता है, जब उसे सस्वर पढ़ा जाए। वैसे तो मैं हर कविता को सस्वर पढ़ने के पक्ष में हूं, तथाकथित 'नई कविता' को भी! आप इस अनुवाद को सस्वर पढ़ें। अनुवाद में शब्दार्थ ले आना भी एक मुश्किल काम है; मैं इतना ही कह सकता हूं कि ध्वनि की ओर सचेष्ट रहने का मैंने प्रयत्न किया है। सस्वर पढ़ने में शायद इसका आभास आपको स्वयं हो।

फिर भी मैं चाहूंगा कि रुबाइयात के पाठ से आपको जो आनन्द मिले उसका श्रेय आप उमर ख़ैयाम और फ़िट्ज़जेरल्ड को दें, उसके भाव-अर्थ-ध्वनि के साथ, कहीं अन्याय हुआ हो, उसके लिए मुझे उत्तरदायी समझें ।

–बच्चन

13, विलिंगडन क्रिसेंट,
नई दिल्ली-11
21.6.59

•••